© 1993 Richard Scarry.
Publié au Canada avec l'autorisation
des Livres du Dragon d'Or, France.
Traduction d'Anne-Marie Dalmais.
Imprimé en Italie.
ISBN 2-89393-302-5.

Histoires Bonjour-Bonsoir de Richard Scarry

Monsieur Maladroit garçon de café...

 Phidal

Monsieur Maladroit se promène à Tourneville.
Il s'achète un journal et le lit tout en marchant...

Attention, Monsieur Maladroit !

PATATRAS !
Monsieur Maladroit est tombé
dans du ciment frais.
Maintenant, il lui faut
un nouveau costume !

Monsieur Maladroit va chez le tailleur.
Il essaie un costume.
CRAC ! Les coutures éclatent.
Faites attention, Monsieur Maladroit !

Vêtu de son costume neuf, Monsieur Maladroit dit
au revoir au tailleur.
Le vent emporte son chapeau...

... qui atterrit
dans du goudron tout collant.
Attention, Monsieur Maladroit !

BADABOUM !
Pauvre Monsieur Maladroit !
Pauvre costume neuf.

Monsieur Maladroit a besoin de se remettre.
Il entre dans le café de Monsieur Raton-Laveur.
Il s'assied sur un tabouret et demande un verre de lait.

– S'il vous plaît, Monsieur Maladroit, demande
le Raton-Laveur, pourriez-vous garder mon café
pendant cinq minutes ? Je dois aller à la banque
chercher un rouleau de pièces.

(Euh... Je ne pense pas que ce soit une très bonne
idée, Monsieur Raton-Laveur.)

A peine Monsieur Raton-Laveur
est-il sorti qu'arrive
Hilda Hippopotame.
Monsieur Maladroit se lève
poliment de son tabouret.
CRAC !
Son pantalon se déchire.

Monsieur Maladroit court
se cacher derrière le comptoir.

– J'ai très soif, car j'ai fait beaucoup de courses,
explique Hilda. Je voudrais boire quelque chose.
Monsieur Maladroit lui propose un verre d'eau.
Il essaie de tourner le robinet, mais celui-ci lui
reste dans la patte !
PCHIIIIIT !
Hilda se sauve en criant.

De l'autre côté de la rue, à la banque,
Monsieur Raton-Laveur fait la queue.

Au café, Monsieur Maladroit
bouche le tuyau avec un
chiffon. Puis il part à la
recherche d'un balai.

Il y a beaucoup de clients devant lui.

Il ouvre une porte.
C'est la porte du réfrigérateur.
A l'intérieur, il trouve
de la crème glacée.

– Mmmm ! dit-il,
en posant la boîte
sur le fourneau.

15

Monsieur Maladroit déniche le balai,
mais, BING ! heurte une pile d'assiettes.

Ciel ! La glace est en train de fondre,
elle dégouline sur le fourneau.

A la banque, c'est enfin le tour de
Monsieur Raton-Laveur.
Mais, juste à ce moment, le guichet ferme !

Il va faire la queue
au guichet d'à côté.

Voilà Peau-de-Banane qui fait son entrée dans le café.

Peau-de-Banane patauge dans l'eau, la crème glacée
et les assiettes en miettes.
– Vite, vite ! dit-il. Il me faut un milk-shake à la banane.

Monsieur Maladroit pèle quelques bananes et les
met dans le mixer.
Mais il ne trouve pas le couvercle de la machine.
Tant pis ! Il l'allume quand même.

PIF, PAF, POUF !
Des morceaux de bananes fusent
dans tous les sens. Ils se collent
partout, même au plafond !
Peau-de-Banane se sauve en courant.

«Oh ! là là ! Je ferais mieux de nettoyer avant le retour
de Monsieur Raton-Laveur !» se dit Monsieur Maladroit.

Pour enlever les morceaux de bananes collés
au plafond, il grimpe sur un escabeau avec son balai.

Attention, Monsieur Maladroit !
HOUP !
Monsieur Maladroit se raccroche aux rideaux.
CRAC !
Les rideaux dégringolent.
PATATRAS !
Monsieur Maladroit s'étale.

A la banque, Monsieur Raton-Laveur
a enfin obtenu son rouleau de pièces.

«Je n'ai vraiment pas eu
de chance aujourd'hui, se dit-il.
Pauvre Monsieur Maladroit !
J'espère que cela ne l'a pas
ennuyé de m'attendre
si longtemps...»

A mon avis, Monsieur Raton-Laveur ne sait pas encore à quel point il a manqué de chance aujourd'hui !